U0789645

大唐西域記卷第六　　孰五

唐三藏法師玄奘奉詔譯

大總持寺沙門辯機撰

六國

室羅伐悉底國　　劫比羅伐窣堵國

藍摩國　　拘尸那揭羅國

婆羅痆斯國　　戰主國

室羅伐悉底國周六千餘里都城荒頹疆場無紀宮城故基周二十餘里雖多荒圮尚有居人穀稼豐氣序和風俗淳質篤學好福伽

藍數百圮壞良多僧徒寡少學正量部天祠百所外道甚多此則如來在世之時鉢邏犀那恃多王（此言勝軍舊曰波斯匿訛畧也）所治國都也故宮城內有故基勝軍王殿餘址也次東不遠有一故基上建小窣堵波昔勝軍王爲如來所建大法堂也

法堂側不遠故基上有窣堵波是佛姨母鉢邏闍鉢底（此言戰主舊云波闍波提訛也）苾芻尼精舍勝軍王之所建立次東窣堵波是蘇達多（此言善施舊曰須達訛也）故宅也善施長者宅側有大窣堵波是

鴦寠利摩羅此言指鬘舊曰央掘摩羅訛也捨邪之處鴦寠利摩羅者室羅伐悉底之凶人也作害生靈爲暴城國殺人取指冠首爲鬘將欲害母以充指數世尊悲愍方行導化遥見世尊竊自喜曰我今生天必矣先師有教遺言在玆害佛殺母當生梵天謂其母曰老今且止先當害彼大沙門尋即仗劍往逆世尊如來於是徐行而退凶人指鬘疾驅不逮世尊謂曰何守鄙志捨善本激惡源時指鬘聞誨悟所行非因即歸命求入法中精勤不怠證羅漢果

城南五六里有逝多林（此言勝林舊曰祇陀訛也）是給孤
獨園勝軍王大臣善施爲佛建精舍昔爲伽
藍今已荒廢東門左右各建石柱高七十餘
尺左柱鏤輪相於其端右柱刻牛形於其上
並無憂王之所建也室宇傾圮唯餘故基獨
執五 二
一甎室巋然獨存中有佛像昔者如來昇三
十三天爲母説法之後勝軍王聞出愛王刻
檀像佛乃造此像善施長者仁而聰敏積而
能散拯乏濟貧哀孤恤老時美其德號給孤
獨馬聞佛功德深生尊敬願建精舍請佛降

臨世尊命舍利子隨瞻揆焉唯太子逝多園地爽塏尋詣太子具以情告太子戲言金遍乃賣善施聞之心豁如也即出藏金隨言布地有少未滿太子請留曰佛誠良田宜植善種即於空地建立精舍世尊即之告阿難曰園地善施所買林樹逝多所施二人同心式崇功業自今已去應謂此地為逝多樹給孤獨園

給孤獨園東北有窣堵波是如來洗病苾芻處昔如來之在世也有病苾芻含苦獨處世

尊見而問曰汝何所苦汝何獨居曰我性踈
嬾不耐看病故今嬰疾無人瞻視如來是時
慜而告曰善男子我今看汝以手捫摩病苦
皆愈扶出戶外更易敷褥親爲盥洗改著新
衣佛語苾芻當自勤勵聞誨感恩心悅身豫

給孤獨園西北有小窣堵波是沒特伽羅子
運神通力舉舍利子衣帶不動之處昔佛在
無熱惱池人天咸集唯舍利子不時從會佛
命沒特伽羅往召來集沒特伽羅承命而往
舍利子方補護法衣沒特伽羅曰世尊今在

無熱惱池命我召爾舍利子曰且止須我補
竟與子偕行没特伽羅曰若不速行欲運神
力舉爾石室至大會所舍利子乃解衣帶置
地曰若舉此帶我身或動時没特伽羅運大
神通舉帶不動地爲之震因以神足還詣佛

所見舍利子已在會坐没特伽羅俛而嘆曰
乃今以知神通之力不如智慧之力矣舉帶
窣堵波側不遠有井如來在世汲充佛用其
側有窣堵波無憂王之所建也中有如來舍
利經行之迹說法之處並樹旌表建窣堵波

寘祇𧮯衛靈瑞間起或鼓天樂或聞神香景福之祥難以備叙

伽藍後不遠是外道梵志殺婬女以謗佛處如來十力無畏一切種智人天宗仰聖賢遵奉時諸外道共相議曰宜行詭詐衆口謗辱乃誘雇婬女詐爲聽法衆所知已密而殺之埋屍樹側稱怨告王王命求訪於逝多園得其屍焉是時外道高聲唱言喬答摩大沙門常稱戒忍今私此女殺而滅口既婬既殺何戒何忍諸天空中隨聲唱曰外道兇人爲此

謗耳
伽藍東百餘步有大深坑是提婆達多欲以
毒藥害佛生身陷入地獄處提婆達多此言天授
斛飯王之子也精勤十二年已誦持八萬法
藏後爲利故求學神通親近惡友共相議曰
我相三十減佛[孰五]未幾大衆圍繞何[五]異如來思
惟是已即事破僧舍利子没特伽羅子奉佛
指告承佛威神説法誨喻僧復和合提婆達
多惡心不捨以惡毒藥置指爪中欲因作禮
以傷害佛方行此謀自遠而來至於此也地

遂坼焉生陷地獄其南復有大坑瞿伽梨苾芻毀謗如來生身陷入地獄瞿伽梨陷坑南八百餘步有大深坑是戰遮婆羅門女毀謗如來生身陷入地獄之處佛爲人天說諸法要有外道弟子遥見世尊大衆恭敬便自念曰要於今日辱喬荅摩敗其善譽當今我師獨擅芳聲乃懷繫木盂至給孤獨園於大衆中揚聲唱曰此說法人與我私通腹中之子乃釋種也邪見者莫不信然貞固者知爲訕謗時天帝釋欲除疑故化爲白鼠齧斷盂繫

繫斷之聲震動大衆凡諸見聞增深喜悅衆
中一人起持木盂示彼女曰是汝兒耶是時
也地自開坼全身墜陷入無間獄具受其殃
凡此三坑洞無涯底秋夏霖雨溝池泛溢而
此深坑嘗無水止伽藍東六七十步有一精
孰五 六
舍高六十餘尺中有佛像東面而坐如來在
昔於此與諸外道論義次東有天祠量等精
舍日旦流光天祠之影不蔽精舍日將落照
精舍之陰遂覆天祠
影覆精舍東三四里有窣堵波是尊者舍利

子與外道論議處初善施長者買逝多太子園欲爲如來建立精舍時尊者舍利子隨長者而瞻揆外道六師求捔神力舍利子隨事攝化應物降伏其側精舍前建窣堵波如來於此摧諸外道又受毗舍佉母請

受請窣堵波南是毗盧擇迦王舊曰毗流離王訛也興甲兵誅釋種至此見佛歸兵之處毗盧擇迦王嗣位之後追怨前辱興甲兵動大衆部署已畢伸命方行時有苾芻聞已白佛世尊於是坐枯樹下毗盧擇迦王遙見世尊下乘禮

敬退立而言曰茂樹扶踈何故不坐枯株朽蘖而乃遊止世尊告曰宗族者枝葉也枝葉將危庇蔭何在王曰世尊爲宗親耳可以迴駕於是覩聖感懐還軍返國

還軍之側有窣堵波是釋女被戮處毗盧擇迦王誅釋克勝簡五百女充實宮闈釋女憤恚怨言不遜詈其王家人之子也王聞發怒命令誅戮執法者奉王教刖其手足投諸坑穽時諸釋女含苦稱佛世尊聖鑒照其苦毒告命苾芻攝衣而往爲諸釋女說微妙法所

謂羈纏五欲流轉三途恩愛別離生死長遠時諸釋女聞佛指誨遠塵離垢得法眼淨同時命終俱生天上時天帝釋化作婆羅門收骸火葬後人記焉

誅釋窣堵波側不遠有大涸池是毘盧擇迦王陷身入地獄處世尊觀釋女已還給孤獨園告諸苾芻今毘盧擇迦王却後七日爲火所燒王聞佛記甚懷惶懼至第七日安樂無危王用歡慶命諸宮女往至池側娛遊樂飲猶懼火起鼓棹清流隨波泛濫熾焰飆發焚

輕舟墜王身入無間獄備受諸苦

伽藍西北三四里至得眼林有如來經行之迹諸聖習定之所並樹封記建窣堵波昔此國羣盜五百横行邑里跋扈城國勝軍王捕獲已抉去其眼棄於深林羣盜苦逼求哀稱

孰五

八

佛是時如來在逝多精舍聞悲聲起慈心清風和暢吹雪山藥滿其眼已尋得復明而見世尊在其前住發菩提心歡喜頂禮投杖而去因植根焉

大城西北六十餘里有故城是賢劫中人壽

二萬歲時迦葉波佛本生城也城南有窣堵波成正覺已初見父處城北有窣堵波有迦葉波佛全身舍利並無憂王所建也從此東南行五百餘里至劫比羅伐窣堵國舊曰迦毗羅衛國訛也中印度境

劫比羅伐窣堵國周四千餘里空城十數荒蕪已甚王城頹圮周量不詳其內宮城周十四五里壘甎而成基址峻固空荒久遠人里稀曠無大君長城各立主土地良沃稼穡時播氣序無愆風俗和暢伽藍故基千有餘所

而宮城之側有一伽藍僧徒三千餘人習學
小乘正量部教天祠兩所異道雜居
宮城內有故基淨飯王正殿也上建精舍中
作王像其側不遠有故基摩訶摩耶此言大術夫
人寢殿也上建精舍中作夫人之像其側精
孰五
九
舍是釋迦菩薩降神母胎處中作菩薩降神
之像上座部菩薩以嗢呾羅頞沙荼月三十
日夜降神母胎當此五月十五日諸部則以
此月二十三日夜降母胎當此五月八日菩
薩降神東北有窣堵波阿私多仙相太子處

菩薩誕靈之日嘉祥輻湊時淨飯王召諸相師而告之曰此子生也善惡何若冝悉乃心明言以對曰依先聖之記考吉祥之應在家作轉輪聖王捨家當成等正覺是時阿私多仙自遠而至叩門請見王甚慶悅躬迎禮敬請就寶座曰不意大仙今日降顧仙曰我在天宮安居宴坐忽見諸天羣從蹈舞我時問言何悅豫之甚也曰大仙當知贍部洲中釋種淨飯王第一夫人今產太子當證三菩提圓明一切智我聞是語故來贍仰所悲朽耋

不遭聖化
城南門有窣堵波是太子與諸釋捔力擲象
之處太子技藝多能獨拔倫匹淨飯大王懷
慶將返僕夫馭象方欲出城提婆達多素負
強力自外而入問馭者曰嚴駕此象其誰欲
執五 十
乘曰太子將還故往奉馭提婆達多發憤引
象批其顙蹴其臆僵仆塞路杜絕行途無能
轉移人衆填塞難陀後至而問之曰誰死此
象曰提婆達多即曳之僻路太子至又問曰
誰爲不善害此象耶曰提婆達多害以杜門

難陀引之開徑太子乃舉象高擲越度城壍其象墮地爲大深坑士俗相傳爲象墮坑也其側精舍中作太子像其側又有精舍太子妃寢宮也中作耶輸陀羅并有羅怙羅像宮側精舍作受業之像太子學堂故基也

城東南隅有一精舍中作太子乘白馬陵虛之像是踰城處也城四門外各有精舍中作老病死人沙門之像是太子遊觀覩相增懷深猒塵俗於此感悟命僕迴駕

城南行五十餘里至故城有窣堵波是賢劫

中人壽六萬歲時迦羅迦村馱佛本生城也城南不遠有窣堵波成正覺已見父之處城東南窣堵波有彼如來遺身舍利前建石柱高三十餘尺上刻師子之像傍記寂滅之事無憂王建焉迦羅迦村馱佛城東北行三十

餘里至故大城中有窣堵波是賢劫中人壽四萬歲時迦諾迦牟尼佛本生城也東北不遠有窣堵波成正覺已度父之處次北有窣堵波有彼如來遺身舍利前建石柱高二十餘尺上刻師子之像傍記寂滅之事無憂王

之所建也

城東北四十餘里有窣堵波是太子坐樹陰觀耕田於此習定而得離欲淨飯王見太子坐樹陰入寂定日光迴照樹影不移心知靈聖更深珍敬

大城西北有數百千窣堵波釋種誅死處也

毗盧擇迦王既克諸釋虜其族類得九千九百九十萬人並從殺戮積尸如莽流血成池天警人心收骸瘞葬

誅釋西南有四小窣堵波四釋種拒軍處初

勝軍王嗣位也求婚釋種釋種鄙其非類謬以家人之子重禮娉焉勝軍王立爲正后其產子男是爲毗盧擇迦王毗盧擇迦欲就舅氏請益受業至此城南見新講堂即中憩駕諸釋聞之逐而罵曰卑賤婢子敢居此室此室諸釋建也擬佛居焉毗盧擇迦嗣位之後追復先辱便興甲兵至此屯軍釋種四人躬耕畎畝便即抗拒兵寇退散已而入城族人以爲承輪王之祚胤爲法王之宗子敢行凶暴安忍殺害汙辱宗門絕親遠放四人被逐

北趣雪山一爲烏仗那國王一爲梵衍那國王一爲呬摩呾羅國王一爲商彌國王奕世傳業苗裔不絶

城南三四里尼拘律樹林有窣堵波無憂王建也釋迦如來成正覺已還國見父王爲說法處淨飯王知如來降魔軍已遊行化導情懷渴仰思得禮敬乃命使請如來曰昔期成佛當還本生斯言在耳時來降趾使至佛所具宣王意如來告曰却後七日當還本生使臣還已白王淨飯王乃告命臣庶灑掃衢路

儲積華香與諸羣臣四十里外佇駕奉迎是
時如來與大衆俱八金剛周衛四天王前導
帝釋與欲界天侍左梵王與色界天侍右諸
苾芻僧列在其後唯佛在衆如月映星威神
動三界光明踰七曜步虛空至生國王與從
孰五
十三
臣禮敬已畢俱共還國止尼拘盧陀僧伽藍
其側不遠有窣堵波是如來於大樹下東面
而坐受姨母金縷袈裟次此窣堵波是如來
於此度八王子及五百釋種
城東門內路左有窣堵波昔一切義成太子

於此習諸技藝門外有自在天祠祠中有石天像危然起勢是太子在襁褓中所入祠也淨飯王自臘伐尼園迎太子還也途次天祠王曰此天祠多靈鑒諸釋童稚求祐必効宜將太子至彼修敬是時傅母抱而入祠其石天像起迎太子太子已出天像復坐

城南門外路左有窣堵波是太子與諸釋捔藝射鐵鼓從此東南三十餘里有小窣堵波其側有泉泉流澄鏡是太子與諸釋引強校能弦矢既分穿鼓過表至地沒羽因涌清流

時俗相傳謂之箭泉夫有疾病飲沐多愈遠
方之人持埿以歸隨其所苦漬以塗額靈神
冥衛多蒙痊愈箭泉東北行八九十里至臘
伐尼林有釋種浴池澄清皎鏡雜華彌漫其
北二十四五步孰五有無憂華樹今已十四枯悴菩薩
誕靈之處菩薩以吠舍佉月後半八日當此
三月八日上座部則曰以吠舍佉月後半十
五日當此三月十五日次東窣堵波無憂王
所建二龍浴太子處也菩薩生已不扶而行
於四方各七步而自言曰天上天下唯我獨

尊今茲而徃生分已盡隨足所蹈出大蓮華二龍涌出住虛空中而各吐水一冷一煖以浴太子

浴太子窣堵波東有二清泉傍建二窣堵波是二龍從地涌出之處菩薩生已支屬宗親莫不奔馳求水盥浴夫人之前二泉涌出一冷一煖遂以浴洗其南窣堵波是天帝釋捧接菩薩處菩薩初出胎也天帝釋以妙天衣跪接菩薩次有四窣堵波是四天王抱持菩薩處也菩薩從右脇生已四天王以金色㲲

衣捧菩薩置金机上至母前曰夫人誕斯福子誠可歡慶諸天尚喜況世人乎四天王捧太子窣堵波側不遠有大石柱上作馬像無憂王之所建也後爲惡龍霹靂其柱中折仆地傍有小河東南流土俗號曰油

兆五 十五

河是摩耶夫人產孕已天化此池光潤澄淨欲令夫人取以沐浴除去風塵今變爲水其流尚膩從此東行曠野荒林中二百餘里至藍摩國

藍摩國 中印度境

藍摩國空荒歲久疆埸無紀城邑丘墟居人

稀曠故城東南有甎窣堵波高減百尺昔者如來入寂滅已此國先王分得舍利持歸本國式遵崇建靈異間起神光時燭

窣堵波側有一清池龍每出遊變形蛇服右旋宛轉繞窣堵波野象羣行採華以散冥力警察初無間替昔無憂王之分建窣堵波也七國所建咸已開發至於此國方欲興工而此池龍恐見陵奪乃變作婆羅門前叩象曰大王情流佛法廣樹福田敢請紆駕降臨我室王曰爾家安在爲近遠乎婆羅門曰我此

池之龍王也承大王欲建勝福敢來請謁王受其請遂入龍宮坐久之間龍進曰我惟惡業受此龍身供養舍利冀消罪咎願王躬往觀而禮敬無憂王見已懼然謂曰凡諸供養之具非人間所（孰五）有也龍曰若然者（十六）願無廢毀無憂王目度力非其儔遂不開發出池之所今有封記

窣堵波側不遠有一伽藍僧衆尠矣清肅皎然而以沙彌總任衆務遠方僧至禮遇彌隆必留三日供養四事聞諸先志曰昔有苾芻

歷歲序心事無怠隣國諸王聞而雅尚競捨財寶共建伽藍因而勸請屈知僧務自爾相踵不泯元功而以沙彌總知僧事沙彌伽藍東大林中行百餘里至大窣堵波無憂王之所建也是太子踰城至此解寶衣去瓔珞命

僕還處太子夜半踰城遲明至此既允宿心乃形言曰是我出籠樊去羈鎖最後釋駕之處也於天冠中解末尼寶命僕夫曰汝持此寶還白父王今茲遠遁非苟違離欲斷無常絕諸有漏闡鐸迦舊曰車匿訛也曰詎有何心空駕

而返太子善言慰喻感悟而還

迴駕窣堵波東有贍部樹枝葉雖凋枯株尚在其傍復有小窣堵波太子以餘寶衣易鹿皮衣處太子既斷髮易裳雖去瓔珞尚有天衣曰斯服太侈如何改易時淨居天化作獵人服鹿皮衣持弓負羽太子舉其衣而謂曰欲相貿易願見允從獵人曰善太子解其上服授與獵人獵人得已還復天身持所得衣陵虛而去

太子易衣側不遠有窣堵波無憂王之所建

也是太子剃髮處太子從闡鐸迦取刀自斷
其髮天帝釋接上天宮以爲供養時淨居天
子化作剃髮人執持銛刀徐步而至太子謂
曰能剃髮乎幸爲我淨之化人受命遂爲剃
髮踰城出家時亦不定或云菩薩年十九或
曰二十九以孰五吠舍佉月後半八十八日踰城出家
當此三月八日或云以吠舍佉月後半十五
日當此三月十五日太子剃髮窣堵波東南
曠野中行百八九十里至尼拘盧陀林有窣
堵波高三十餘尺昔如來寂滅舍利已分諸

婆羅門無所得獲於涅疊般那（此言焚燒舊云闍維訛也）地收餘灰炭持至本國建此靈基而修供養自茲已降奇迹相仍疾病之人祈請多愈灰炭窣堵波側故伽藍中有過去四佛座及經行遺迹之所

故伽藍左右數百窣堵波其一大者無憂王所建也崇基雖陷高餘百尺自此東北大林中行其路艱險經途危阻山牛野象羣盜獵師伺求行旅爲害不絕出此林已至拘尸那揭羅國（中印度境）

[illegible]羅門[illegible]所得[illegible]
[illegible]
自[illegible]已降[illegible]之入[illegible]多[illegible]
[illegible]故名[illegible]中有過去四佛座及
經行遺迹之所

所集也崇基[illegible]高餘百尺自此東北大林
中行其路艱險經[illegible]山[illegible]
[illegible]來行[illegible]不絕此林已至[illegible]
[illegible]羅圖中字

拘尸那揭羅國城郭頽毀邑里蕭條故城甎基周十餘里居人稀曠閭巷荒蕪城内東北隅有窣堵波無憂王所建准陀（舊曰純陀訛也）之故宅也宅中有井將營獻供方乃鑿焉歲月雖淹水猶清美

執五

十九

城西北三四里渡阿恃多伐底河（此言無勝此世共稱耳舊云阿利羅跋提河訛也舊言謂之尸賴拏伐底河譯曰有金河）西岸不遠至娑羅林其樹類槲而皮青白葉甚光潤四樹特高如來寂滅之所也其大甎精舍中作如來涅槃之像北首而卧傍有窣堵波無憂

王所建基雖傾陷尚高二百餘尺前建石柱以記如來寂滅之事雖有文記不書日月聞諸先記曰佛以生年八十吠舍佉月後半十五日入般涅槃當此三月十五日也說一切有部則佛以迦剌底迦月後半八日入般涅槃當此九月八日也自佛涅槃諸部異議或云千二百餘年或云千三百餘年或云千五百餘年或云已過九百未滿千年精舍側不遠有窣堵波是如來修菩薩行時爲羣雉王救火之處昔於此地有大茂林毛羣羽族巢

居穴處驚風四起猛焰飈逸時有一雉有懷傷愍鼓濯清流飛空奮灑時天帝釋俯而告曰汝何守愚唐勞羽翮大火方起焚燎林野豈汝微軀所能撲滅雉曰説者爲誰曰我天帝釋耳雉曰今天帝釋有大福力無欲不遂救災拯難若指諸掌反詰無功其咎安在猛火方熾無得多言尋復奮飛徃趣流水天帝遂以掬水泛灑其林火滅煙消生類全命故今謂之救火窣堵波也

雉救火側不遠有窣堵波是如來修菩薩行

時爲鹿殺生之處乃往古昔此有大林火炎中野飛走窮窘前有駛流之阨後困猛火之難莫不沉溺喪棄身命其鹿惻隱身據橫流穿皮斷骨自強拯溺蹇兔後至忍疲苦而濟之筋力既竭溺水而死諸天收骸起窣堵波

鹿拯溺西不遠有窣堵波是蘇跋陀羅（此言善賢舊曰須跋陀羅訛也）入寂滅之處善賢者本梵志師也年百二十耆舊多智聞佛寂滅至雙樹間問阿難曰佛世尊將寂滅我懷疑滯願欲請問阿難曰佛將涅槃幸無擾也曰吾聞佛世難

遇正法難聞我有深疑恐無所請善賢遂入先問佛言有諸別衆自稱爲師各有異法垂訓導俗喬答摩（舊曰瞿曇訛畧也）能盡知耶佛言吾悉深究乃爲演說善賢聞已心淨信解求入法中受具足戒（孰五）如來告曰汝豈（二十一）能耶外道異學修梵行者當試四歲觀其行察其性威儀寂靜辭語誠實則可於我法中淨修梵行在人行耳斯何難哉善賢曰世尊悲愍含濟無私四歲試學三業方順佛言我先已說在人行耳於是善賢出家即受具戒勤勵修習身

心勇猛已而於法無疑自身作證夜分未久
果證羅漢諸漏已盡梵行已立不忍見佛入
大涅槃即於衆中入火界定現神通事而先
寂滅是爲如來最後弟子乃先滅度即昔後
度褰免是也善賢寂滅側有窣堵波是執金
剛躃地之處大悲世尊隨機利見化功已畢
入寂滅樂於雙樹間北首而卧執金剛神密
迹力士見佛滅度悲慟唱言如來捨我入大
涅槃無歸依無覆護毒箭深入愁火熾盛捨
金剛杵悶絶躃地久而又起悲哀戀慕互相

謂曰生死大海誰作舟檝無明長夜誰爲燈炬金剛躃地側有窣堵波是如來寂滅已七日供養之處如來之將寂滅也光明普照人天畢會莫不悲感更相謂曰大覺世尊今將寂滅衆生福盡世間無依如來右脅卧師子孰五 二十二 牀告諸大衆勿謂如來畢竟寂滅法身常住離諸變易當棄懈怠早求解脱諸苾芻等歔欷悲慟時阿泥律陀舊曰阿那律訛也告諸苾芻止止勿悲諸天譏怪時末羅衆供養已訖欲舉金棺詣涅疊般那所時阿泥律陀告言且止

金[illegible]

[illegible]語諸天[illegible]末羅衆供養已訖欲舉

[illegible]

[illegible]

佛告諸大衆勿謂如來畢竟寂滅法身常住

寂滅衆生福盡世間無依如來右脇[illegible]

天界會莫不悲感更相語曰大覺世尊今將

日侍養之處如來之將寂滅也光明普照入

定金剛禪[illegible]如來寂滅已大

[illegible]

諸天欲留七日供養於是天衆持妙天華遊虛空讚聖德各竭誠心共興供養停棺側有窣堵波是摩訶摩耶夫人哭佛之處如來寂滅棺殮已畢時阿泥律陀上昇天宮告摩耶夫人曰大聖法王今已寂滅摩耶聞已悲哽悶絶與諸天衆至雙樹間見僧伽胝鉢及錫杖拊之號慟絶而復聲曰人天福盡世間眼滅今此諸物空無有主如來聖力金棺自開放光明合掌坐慰問慈母遠來下降諸行法爾願勿深悲阿難銜哀而請佛曰後世問我

將何以對曰佛已涅槃慈母摩耶自天宮降至雙樹間如來爲諸不孝衆生從金棺起合掌說法

城北渡河三百餘步有窣堵波是如來焚身之處地今黃黑土雜灰炭至誠求請或得舍利如來寂滅人天悲感七寶爲棺千氎纏身設香華建旛蓋末羅之衆奉輿發引前後導從北渡金河盛滿香油積多香木縱火以焚二氎不燒一極襯身一最覆外爲諸衆生分散舍利唯有髮爪儼然無損焚身側有窣堵

孰五 二十三

波如來爲大迦葉波現雙足處如來金棺已下香木已積火燒不然衆咸驚駭阿泥律陀言待迦葉波耳時大迦葉波與五百弟子自出林來至拘尸城問阿難曰世尊之身可得見耶阿難曰千氎纏絡重棺周殮香木已積即事焚燒是時佛於棺内爲出雙足輪相之上見有異色問阿難曰何以有此曰佛初涅槃人天悲慟衆淚迸染致斯異色迦葉波作禮旋繞興讚香木自然大火熾盛故如來寂滅三從棺出初出臂問阿難治路次起坐爲

母說法後見雙足示大迦葉波現足側有窣堵波無憂王所建也是八王分舍利處前建石柱刻記其事佛入涅槃後涅疊般那已諸八國王備四兵至遣直性婆羅門謂拘尸力士曰天人導師此國寂滅故自遠來請分舍

利力士曰如來降尊即斯下土滅世間明導喪衆生慈父如來舍利自當供養徒疲道路終無得獲時諸大王遜辭以求既不相允重謂之曰禮請不從兵威非遠直性婆羅門揚言曰念哉大悲世尊忍修福善彌歷曠劫想

所具聞今欲相陵此非宜也今舍利在此當
均八分各得供養何至興兵諸力士依其言
即時均量欲作八分帝釋謂諸王曰天當有
分勿恃力競阿那婆答多龍王文隣龍王醫
那鉢呾羅龍王復作是議無遺我曹若以力
者衆非敵矣直性婆羅門曰勿諠諍也宜共
分之即作三分一諸天二龍衆三留人間八
國重分天龍人王莫不悲感分舍利窣堵波
西南行二百餘里至大邑聚有婆羅門豪右
巨富確乎不雜學究五明敬崇三寶接其居

側建立僧坊窮諸資用備盡珍飾或有衆僧
往來中路慇懃請留罄心供養或止一宿乃
至七日其後設賞迦王毀壞佛法衆僧絕侶
歲月驟淹而婆羅門每懷懇惻經行之次見
一沙門厖眉皓髮杖錫而來婆羅門馳往迎

逆問所從至請入僧坊備諸供養旦以湻乳
煑粥進焉沙門受已纔一嚌齒便即置鉢沉
吟長息婆羅門侍食跪而問曰大德惠利隨
緣幸見臨顧爲夕不安耶爲粥不味乎沙門
愍然告曰吾非衆生福祐漸薄斯言且置食

已方說沙門食訖攝衣即去婆羅門曰向許有說今何無言沙門告曰吾非忘也談不容易事或致疑必欲得聞今當略說吾向所歎非薄汝粥自數百年不甞此味昔如來在世我時預從在王舍城竹林精舍俯清流而滌器或以澡漱或以盥沐嗟乎今之純乳不及古之淡水此乃人天福減使之然也婆羅門曰然則大德乃親見佛耶沙門曰然汝豈不聞佛子羅怙羅者我身是也爲護正法未入寂滅說是語已忽然不見婆羅門遂以所宿

之房塗香灑掃像設儀肅然其敬如在復大林中行五百餘里至婆羅痆斯國舊曰波羅奈國訛也中印度境

婆羅痆斯國周四千餘里國大都城西臨殑伽河長十八九里廣五六里閭閻櫛比居人殷盛家積巨萬室盈奇貨人性温恭俗重强學多信外道少敬佛法氣序和穀稼盛果木扶疎茂草靃靡伽藍三十餘所僧徒三千餘人並學小乘正量部法天祠百餘所外道萬餘人並多宗事大自在天或斷髮或椎髻露

孰五 二十六

形無服塗身以灰精勤苦行求出生死

大城中天祠二十所層臺祠宇彫石文木茂林相蔭清流交帶鍮石天像量減百尺威嚴肅然懍懍如在

大城東北婆羅痆河西有窣堵波無憂王之所建也高百餘尺前建石柱碧鮮若鏡光潤凝流其中常現如來影像

婆羅痆河東北行十餘里至鹿野伽藍區界八分連垣周堵層軒重閣麗窮規矩僧徒一千五百人並學小乘正量部法大垣中有精

凝流其中常現如來影像
婆羅痆河東北行十餘里至鹿野伽藍區界
八分連垣周堵層軒重閣麗窮規矩僧徒一
千五百人並學小乘正量部法大垣中有精舍

舍高二百餘尺上以黃金隱起作菴没羅果
石爲基陛甎作層龕龕帀四周節級百數皆
有隱起黃金佛像精舍之中有鍮石佛像量
等如來身作轉法輪勢
精舍西南有石窣堵波無憂王建也基雖傾
陷尚餘百尺前建石柱高七十餘尺石含玉
執五 二十七
潤鑒照映徹懇懃祈請影見衆像善惡之相
時有見者是如來成正覺已初轉法輪處也
其側不遠窣堵波是阿若憍陳如等見菩薩
捨苦行遂不侍衛來至於此而自習定其傍

窣堵波是五百獨覺同入涅槃處又三窣堵
波過去三佛座及經行遺迹之所
三佛經行側有窣堵波是梅呾麗耶此言慈即姓也
舊曰彌勒訛也菩薩受成佛記處昔者如來在王舍
城鷲峰山告諸苾芻當來之世此贍部洲土
地平正人壽八萬歲有婆羅門子慈氏者身
真金色光明照朗當捨家成正覺廣爲衆生
三會說法其濟度者皆我遺法植福衆生也
其於三寶深敬一心在家出家持戒犯戒皆
蒙化導證果解脫三會說法之中度我遺法

之徒然後乃化同緣善友是時慈氏菩薩聞佛此說從座起白佛言願我作彼慈氏世尊如來告曰如汝所言當證此果如上所說皆汝教化之儀也

慈氏菩薩受記西有窣堵波是釋迦菩薩受記之處賢劫中人壽二萬歲迦葉波佛出現於世轉妙法輪開化含識授護明菩薩記曰是菩薩於當來世衆生壽命百歲之時當得成佛號釋迦牟尼釋迦菩薩受記南不遠有過去四佛經行遺迹長五十餘步高可七尺

孰五 二十八

以青石積成上作如來經行之像像形傑異威儀肅然肉髻之上特出髾髮靈相無隱神鑒有徵於其垣內聖迹實多諸精舍窣堵波數百餘所略舉二三難用詳述

伽藍垣西有一清池周二百餘步如來嘗中盥浴次西大池周一百八十步如來嘗中滌器次北有池周百五十步如來嘗中浣衣凡此三池並有龍止其水既深其味又甘澄淨皎潔常無增減有人慢心濯此池者金毗羅獸多爲之害若深恭敬汲用無懼浣衣池側

以青石[illegible]成工作如來[illegible]什之像[illegible][illegible][illegible]
威儀肅然內[illegible]之上[illegible]出[illegible][illegible]靈[illegible]興[illegible]中[illegible]
鑿有[illegible]於其[illegible]內聖迹實多諸舍[illegible][illegible][illegible]
數百餘所[illegible][illegible]寒三三藏用精注
[illegible][illegible][illegible]西有一[illegible]池周二百餘步出泉當中

大方石上有如來袈裟之迹其文明徹煥如雕鏤諸淨信者每來供養外道凶人輕蹈此石池中龍王便興風雨

池側不遠有窣堵波是如來修菩薩行時爲六牙象王獵人剥其牙也詐服袈裟彎弧伺

乾五　二十九

捕象王爲敬袈裟遂捩牙而授焉

捩牙側不遠有窣堵波是如來修菩薩行時愍世無禮示爲鳥身與彼獼猴白象於此相問誰先見是尼拘律樹各言事迹遂編長幼化漸遠近人知上下道俗歸依其側不遠大

林中有窣堵波是如來昔與提婆達多俱爲
鹿王斷事之處昔於此處大林之中有兩羣
鹿各五百餘時此國王畋遊原澤菩薩鹿王
前請王曰大王校獵中原縱燎飛矢凡我徒
屬命盡茲晨不日腐臭無所充膳願欲次差
日輸一鹿王有割鮮之膳我延旦夕之命王
善其言迴駕而返兩羣之鹿更次輸命提婆
羣中有懷孕鹿次當就死白其主曰身雖應
死子未次也鹿王怒曰誰不寶命雌鹿歎曰
吾王不仁死無日矣乃告急菩薩鹿王鹿王

王門道路之人傳聲唱曰彼大鹿王今來入
邑都人士庶莫不馳觀王之聞也以爲不誠
門者白至王乃信然曰鹿王何遽來耶鹿曰
有雌鹿當死胎子未產心不能忍敢以身代
王聞歎曰我人身鹿也爾鹿身人也於是悉
放諸鹿不復輸命即以其林爲諸鹿藪因而
謂之施鹿林焉鹿野之號自此而興伽藍西
南二三里有窣堵波高三百餘尺基址廣峙
瑩飾奇珍既無層龕便置覆鉢雖建表柱而

無輪鐸其側有小窣堵波是阿若憍陳如等五人棄制迎佛處也初薩婆曷剌他悉陀此言一切義成舊曰悉達多訛略也太子踰城之後棲山隱谷忘身殉法淨飯王乃命家族三人舅氏二人曰我子一切義成捨家修學孤遊山澤獨處林藪故命爾曹隨知所止內則叔父伯舅外則既君且臣凡厥動靜宜知進止五人銜命相望營衛因即勤求欲期出離每相謂曰夫修道者苦證耶樂證耶二人曰安樂爲道三人曰勤苦爲道二三交爭未有以明於是太子

思惟至理為伏苦行外道節麻米以支身彼二人者見而言曰太子所行非真實法夫道也者樂以證之今乃勤苦非吾徒也捨而遠適思惟果證太子六年苦行未證菩提欲驗苦行非真受乳糜而證果斯三人者聞而歎

曰功垂成矣今其退矣六年苦行一旦捐功於是相從求訪二人既相見已匡坐高論更相議曰昔見太子一切義成出王宮就荒谷去珍服披鹿皮精勤勵志貞節苦心求深妙法期無上果今乃受牧女乳糜敗道虧志吾

知之矣無能爲也彼二人曰君何見之晚歟
此猬蹶人耳夫處乎深宫安乎尊勝不能静
志遠迹山林棄轉輪王位爲鄙賤人行何可
念哉言增忉怛耳菩薩浴尼連河坐菩提樹
成等正覺號天人師寂然宴默惟察應度曰
彼鬱頭藍子者證非想定堪受妙法空中諸
天尋聲報曰鬱頭藍子命終已來經今七日
如來歎惜斯何不遇垂聞妙法遽從變化重
更觀察營求世界有阿藍迦藍得無所有處
定可授至理諸天又曰終已五日如來再歎

慾其薄祐又更諦觀誰應受教唯施鹿林中有五人者可先誘導如來爾時起菩提樹趣鹿野園威儀寂靜神光晃曜毫含玉彩身真金色安詳前進導彼五人斯五人遙見如來互相謂曰一切義成彼來者是歲月遽淹聖

果不證心期已退故尋吾徒宜各默然勿起迎禮如來漸近威神動物五人忘制拜迎問訊侍從如儀如來漸誘示之妙理兩安居畢方獲果證

施鹿林東行二三里至窣堵波傍有涸池周

八十餘步一名救命又謂烈士聞諸先志曰數百年前有一隱士於此池側結廬屏迹博習技術究極神理能使瓦礫爲寶人畜易形但未能馭風雲陪仙駕閲圖考古更求仙術其方曰夫神仙者長生之術也將欲求學先定其志築建壇場周一丈餘命一烈士信勇昭著執長刀立壇隅屏息絶言自昏達旦求仙者中壇而坐手按長刀口誦神呪收視反聽遲明登仙所執銛刀變爲寶劒陵虚履空王諸仙侶執劒指麾所欲皆從無衰無老不

病不死是人既得仙方行訪烈士營求贖歲未諧心願後於城中遇見一人悲號逐路隱士覩其相心甚慶悅即而慰問何至怨傷曰我以貧窶傭力自濟其主見知特深信用期滿五歲當酬重賞於是忍勤苦忘艱辛五年將周一旦違失既蒙笞辱又無所得以此爲心悲悼誰恤隱士命與同遊來至草廬以術力故化具肴饌已而令入池浴服以新衣又以五百金錢遺之曰盡當來求幸無外也自時厥後數加重賂潛行陰德感激其心烈士

屢求効命以報知己隱士曰我求烈士彌歷
歲時幸而會遇奇貌應圖非有他故願一夕
不聲耳烈士曰死尚不辭豈徒屛息於是設
壇場受仙法依方行事坐待日曛曛暮之後
各司其務隱士誦神呪烈士按銛刀殆將曉
矣忽發聲叫是時空中火下煙焰雲蒸隱士
疾引此人入池避難已而問曰誡子無聲何
以驚叫烈士曰受命後至夜分昏然若夢變
異更起見昔事主躬來慰謝感荷厚恩忍不
報語彼人震怒遂見殺害受中陰身顧屍歎

惜猶願歷世不言以報厚德遂見託生南印度大婆羅門家乃至受胎出胎備經苦阨荷恩荷德嘗不出聲洎乎受業冠婚喪親生子每念前恩忍而不語宗親戚屬咸見怪異年過六十有五我妻謂曰汝可言矣若不語者當殺汝子我時惟念已隔生世自顧衰老唯此稚子因止其妻令無殺害遂發此聲耳隱士曰我之過也此魔嬈耳烈士感恩悲事不成憤恚而死免火災難故曰救命感恩而死

又謂烈士池

烈士池西有三獸窣堵波是如來修菩薩行時燒身之處劫初時於此林野有狐兔猨異類相悅時天帝釋欲驗修菩薩行者降靈應化爲一老夫謂三獸曰二三子善安隱乎無驚懼耶曰涉豐草遊茂林異類同歡既安且樂老夫曰聞二三子情厚意密忘其老弊故此遠尋今正飢乏何以饋食曰幸少留此我躬馳訪於是同心虛已分路營求狐沿水濱銜一鮮鯉猨於林樹採異華果俱來至止同進老夫唯兔空還遊躍左右老夫謂曰以吾

觀之爾曹未如猨狐同志各能役心唯兔空還獨無相饋以此言之誠可知也兔聞譏議謂狐猨曰多聚樵蘇方有所作狐猨競馳銜草曳木既已蘊崇猛焰將熾兔曰仁者我身畢劣所求難遂敢以微躬充此一飡辭畢入火尋即致死是時老夫復帝釋身除燼收骸傷歎良久謂狐猨曰一何至此吾感其心不泯其迹寄之月輪傳乎後世故彼咸言月中之兔自斯而有後人於此建窣堵波從此順殑伽河流東行三百餘里至戰主國中印度境

戰主國周二千餘里都城臨殑伽河周十餘里居人豐樂邑里相隣土地膏腴稼穡時播氣序和暢風俗淳質人性獷烈邪正兼信伽藍十餘所僧徒減千人並皆遵習小乘教法天祠二十異道雜居矣大城西北伽藍中窣堵波無憂王之所建也印度記曰此中有如來舍利一升昔者世尊嘗於此處七日之中爲天人衆顯說妙法其側則有過去三佛座及經行遺迹之處隣此復有慈氏菩薩像形量雖小威神嶷然靈鑒潛通奇迹間起

大城東行二百餘里至阿避陀羯刺拏僧伽藍此言不穿耳周垣不廣彫飾甚工華池交影臺閣連甍僧徒肅穆衆議庠序聞諸先志曰昔大雪山北覩貨邏國有樂學沙門二三同志禮誦餘閑每相謂曰妙理幽玄非言談所究

執五　三十六

聖迹昭著可足趾所尋宜詢莫逆親觀聖迹於是二三交友杖錫同遊既至印度寓諸伽藍輕其邊鄙莫之見舍外迫風露内累口腹顏色憔悴形容枯槁時此國王出遊近郊見諸客僧怪而問曰何方乞士何所因來耳既

不穿衣又垢弊沙門對曰我覩貨邏國人也
恭承遺教高蹈俗塵率其同好觀禮聖迹慨
以薄福衆所同棄印度沙門莫顧羇旅欲還
本土巡禮未周雖廹勤苦心遂後已王聞其
說用增悲感即斯勝地建立伽藍白氎題書

[illegible]
寶之靈祐也旣爲人王受佛付囑凡厥染衣
吾當惠濟建此伽藍式招羇旅自今已來諸
穿耳僧我此伽藍不得止舍因其事迹故以
名焉阿避陀羯刺拏伽藍東南行百餘里南

渡殑伽河至摩訶婆羅邑並婆羅門種不遵
佛法然見沙門先訪學業知其強識方深禮
敬殑伽河北有那羅延天祠重閣層臺奐其
麗飾諸天之像鐫石而成工極人謀靈應難
究那羅延天祠東行三十餘里有窣堵波無

憂王之所建也太半陷地前建石柱高餘二
丈上作師子之像刻記伏鬼之事昔於此處
有曠野鬼恃大威力噉人血肉作害生靈肆
極妖祟如來愍諸衆生不得其死以神通力
誘化諸鬼導以歸依之敬齊以不殺之戒諸

鬼承教奉以周旋於是舉石請佛安坐願聞正法克念護持自兹厥後無信之徒競共推移鬼置石座動以萬數莫之能轉茂林清池周基左右人至其側無不心懼

伏鬼側不遠有數伽藍雖多傾毀尚有僧徒並皆遵習大乘教法從此東南行百餘里至一窣堵波基已傾陷餘高數丈昔者如來寂滅之後八國大王分舍利也量舍利婆羅門蜜塗瓶內分授諸王而婆羅門持瓶以歸既得所黏舍利遂建窣堵波并瓶置內因以名

馬後無憂王開取舍利瓶改建大窣堵波或至齋日時燭光明從此東北渡殑伽河行百四五十里至吠舍釐國舊曰毗舍離國訛也中印度境

大唐西域記卷第六

音釋

盥古玩切洗手也　俛匪父切與俯同低頭也　坼耻格切裂也　齧五結切咬也　捔古岳切較也　飆卑遙切旋風也　圮部鄙切毀也　耄莫報切九十曰耄　僵仆僵居良切偃也仆芳遇切頓也　瘞於例切埋也　憩去例切息也　胤羊晉切嗣也　襁褓襁居兩切褓博抱切襁褓負兒衣也

芟所巖切除草也
槲胡木切木名也
厖莫江切長也
櫛比櫛側瑟切比昆至切櫛比相聯近也
靃靡靃息委切草木柔弱貌
龕口含切室也
髾所交切髮垂後也
彎弧彎烏關切弧戶吳切彎弧引弓也
命銜胡讒切奉命而行曰銜命
猖蹶猖尺良切狂也蹶古月切顛也
礫郎擊切小石也
激古歷切動蕩也
饋求位切進食也
膏腴膏古勞切腴羊朱切膏腴肥也
妖祟妖於喬切孽也祟雖遂切禍也
黏女廉切黏著也